AF220107

Impressum

© 2020 Matrixe und Mrs_Braunburg
Herstellung und Verlag: BoD – Books on Demand, Norderstedt

ISBN: 978 375 260 9844

Umschlag- Buchgestaltung: Matrixe E..U. Kreativwerkstatt
Bild: Roland Lösslein

Gedruckt auf umweltfreundlichen Papier

MIX
Papier aus verantwortungsvollen Quellen
Paper from responsible sources
FSC® C105338
FSC
www.fsc.org

Matrixe & Mrs_Braunburg

Briefe aus dem Leben

Kurzgeschichten zweier unterschiedlicher Frauen

INHALTSVERZEICHNIS:

1. PROJEKT XX

Wir sind verschiedene Menschen mit verschiedenen Erfahrungen. Leben in verschiedenen Ländern und in unterschiedlicher Höhe. Unser Alltag ist anders. Unsere Leben sind anders. Wir sind Fremde und kennen uns nicht.
Uns eint nur eines: Wir sind Frauen. Und wir schreiben.
Wer bist du, Matrixe? Wer bin ich? Wie siehst du die Welt? Wie sehe ich sie? Worauf kommt es dir im Leben an? Was macht einen guten Tag aus? Schreiben wir ein Buch zusammen? Au Ja! Aber wie? Wie machen wir es? Einfach anfangen, der Rest ergibt sich schon. Und wenn nicht? Hey, nicht so pessimistisch. Es ist eine Reise. Ein Tonscherbenpuzzle vielleicht. Ganz sicher eine Erfahrung.

Wir nehmen Euch mit. Auf unsere Entdeckungsreise, deren Anfang und Hauptteil und Ende noch ungewiss sind. Keine weiß, was die andere schreibt. Nur die Überschrift steht. Vielleicht wird es wirr oder passt nicht. Oder passt doch und ist stimmig. Alles unwichtig. Es geht um die schönen unscheinbaren Worte, die man so oft sagt oder denkt: Schreiben, Erfahrung, Kreativität. Wir tasten uns an eine neue Bedeutung heran, indem wir das *gemeinsame* Schreiben teilen wollen. Miteinander und untereinander und natürlich auch: mit Euch.
Projekt X. „Matrixe, wie wird das werden? Was wird werden? Was ist „Werden" überhaupt?" „Das finden wir heraus."

Deine Mrs_Braunburg

7

Heute morgen bin ich aufgewacht.

Gut, das ist an sich noch nichts besonderes, obwohl in meinem Alter vielleicht doch. Eigentlich sollte ich dankbar sein dafür, bin ich aber gerade erst jetzt, wenn ich darüber schreibe. Nun gut, ich schweife ab, darüber wollt ich ja gar nicht schreiben. Als ich heute früh aufgewacht bin, fand ich eine Nachricht von Mrs_Braunburg auf meinem Handy: "Lass uns ein Buch gemeinsam schreiben, Thema: keine Ahnung, Ablauf: keine Ahnung, wo: keine Ahnung,... "

Ich antwortete: "Ja! Ja! und falls ich es noch nicht geschrieben habe: JA!" Denke mir wieder dabei: "Sollte ich je einen Hochzeitsantrag bekommen, dann möchte ich dieses JA auch genau so sagen.

Ach, schon wieder vom Thema weg.

Sie startete also unser kleines Projekt X. Nun Stop, wir sind ja Frauen und das macht uns zu XX- Trägerinnen. In ihrer ersten Geschichte meinte sie, uns verbindet, dass wir Frauen sind und schreiben. Ich sage, uns verbindet noch viel mehr als das. So lese ich in ihrer Biographie:

"Ich bin die Postbotin, Mutter, Liebende, Denkerin, Schreiberin, Forscherin, Suchende, Findende, Introvertierte, Hoffnungsvolle, Verträumte, Realistin, Quoranerin. Und noch so vieles mehr. Wie wir alle. Ich bin hier, um zu schreiben. Ich bin hier, um mich selbst zu entdecken. ..."

Ich antworte dir:

"Ich bin auch Mutter, auch Denkerin und Schreiberin; ich bin keine Forscherin, sondern eher Fragende, ich bin ebenso Suchende, aber weniger Findende. Du bist Liebende, ich bin Liebhaberin. Du bist introvertiert, ich bin sehr extrovertiert; ich bin gelegentlich hoffnungsvoll und etwas unrealistisch und was auch immer Quoranerin ist - mir gefällt das Wort: das bin ich auch, ausser es ist etwas Illegales! Wir teilen uns den selben Anfangsbuchstaben unserer Vornamen: K."

Hallo, wir sind Kerstin und Katja!

Wir schreiben gemeinsam ein Buch. Unsre Geschichten werden sich fortsetzen und ergänzen, wir werden uns Fragen stellen und sie auf unsre Weise beantworten. Vielleicht streiten wir uns oder verlieben wir uns? Vielleicht sind wir am Ende, ganz eine andre Person?

Wir sind in jedem Fall, nicht ganz normal und ziemlich verträumt, frech und gelegentlich verbissen. Kerstin hat ein Verhältnis mit der Schaufel Ralf und liebt Chris und ich habe ein Verhältnis mit ...

Sie hat übrigens die chemische Formel für die Liebe gefunden und ich kenne mich nicht aus in Chemie. Ich tanze auf dem Jahrmarkt und sie sieht mir dabei zu. Ich beobachte sie am Friedhof und warte am Zaun. Ich hoffe, sie kann mir ihre Welt erklären und ich ihr meine.

Wer uns begleiten möchte, begleitet uns. Es ist ein Versuch und er ist es wert- für uns beide zumindest. Danke für deine wunderbare Idee, liebe Mrs_Braunburg. Lass' uns loslegen, womit auch immer…

Deine Matrixe

2. VERLIERT ALLES AN BEDEUTUNG?

Liebe Matrixe,

Du bist Fragende und Suchende, sagst Du.
Wenn man eine Sache stundenlang betrachtet, kann es passieren, dass sie ihre Bedeutung verliert.
Die geheimnisvolle Landkarte wird zu einer normalen Karte mit klaren Linien und Farben. Maßstabsgetreu. Die Entfernungen, die nicht fassbar waren, werden zu Abständen, von denen man weiß: diese 10 Zentimeter auf dem Papier in dem und dem Maßstab bedeuten 6 Stunden mit dem Auto. Warum ist das so, frage ich mich. Wieso verschwindet das Geheimnisvolle, sobald man es ergründet hat? Oder verändert es sich nur? Zur Bedeutungslosigkeit?

Vielleicht funktioniert das Gehirn einfach so: Es will nicht aufhören zu lernen und zu wissen und sucht sich dafür Themen, die für einen persönlich den Reiz des Besonderen haben. Immer auf der Suche nach einem neuen Kick „Erfahrung" und dem Gefühl von „Aha!".

Anfangs ist alles neue besonders und speziell. Bis man etwas lange genug angesehen oder probiert hat. Dann wird es etwas alltägliches und normales. Etwas bekanntes. Verliert oft genug seinen Wert und man wendet sich neuen Geheimnissen zu, weil alles andere nun „eh klar" ist. Die Erde kreist um die Sonne. In Pfützen spiegelt sich die Welt. Im Herbst fallen die Blätter. Das Schild im Pulli muss raus, weil es kratzt. Blau und gelb ergeben grün. Was man beherrscht, versteht man. Oder umgekehrt. Rätsel werden gelöst und Antworten gefunden. Die Welt wird erklärbar und bekommt einen Rahmen.
Warum weiter über Dinge nachdenken, die einem klar sind? Grün als Ergebnis reicht, warum sich in Nuancen verlieren? Warum Dinge, die bedeutungslos geworden sind, weiterhin anschauen?

Du schreibst, Du bist Suchende, Matrixe. Was suchst du? Antworten? Glück? Sternschnuppen? Eine Weggabelung? Was passiert, wenn sich eine Frage beantwortet hat? Wenn du etwas gefunden hast? Was ist, wenn der Rahmen unserer Welt sich etwas krümmt und man eine Lücke findet, durch die man in eine andere schlüpfen kann?

Stell dir vor, ich stehe vor Deiner Tür in Deinem Universum. Du öffnest und ich stehe vor Dir. Wir kennen uns nicht. Nur ein paar tausend Wörter vom anderen. Fremd und geheimnisvoll schauen wir uns an und nun stelle ich Dir keine hypothetische Frage wie weiter oben, sondern die Frage, deren Antwort mich so sehr interessiert... obgleich ich nicht weiß, ob sie nach dem Antworten noch die Wichtigkeit für mich besitzt, wie sie es jetzt tut:

Was glaubst Du, wäre ein großes Geheimnis für mich und würde an Bedeutung verlieren, wenn ich es lange genug anschaue? Wenn ich Dich und Dein Leben lange genug anschaue?

Fühl Dich bedeutungsvoll umarmt,

Deine Mrs_Braunburg.

3. DIE GEHEIME FREUD

Liebe Mrs_Braunburg,

Ich hoffe, du hast besser geschlafen als ich. Ich fühle mich heute wie 100 und kann meine Augen kaum offenhalten. Unter andrem deshalb:
Ich hatte einen Traum!
Ich träumte, meine Augen nicht mehr öffnen zu können. Ich musste alles tun ohne zu sehen und ständig versuchte ich, sie zu öffnen und es ging nicht. Ich habe nur gehört und gesprochen und mich blind durch meinen Traum gearbeitet.

Am Morgen nun ist es mir gelungen. Ich war wirklich dankbar, aufzuwachen, auch wenn ich schon hunderte Male erwacht bin. Erwachen wird nie seine Bedeutung verlieren und noch weniger mit den eigenen Augen zu sehen.

Ich denke mir, es braucht kein Geheimnis zu sein, dass ich um's Eck von Freud's Ordination wohne und sein Geist hier in der Gegend sein Unwesen treibt. Er beschreibt meinen Traum etwa so: "In unsren Augen spiegelt sich die Leidenschaft und starke Gefühle wieder. Sind wir nun unfähig, unsere eigenen Augen zu öffnen, sind wir somit nicht mehr in der Lage, uns selbst und damit unserem eigenen Begehren entgegen zu sehen. Möglicherweise hat man eine ausgeprägte sexuelle Fantasie, die man sich aber aus Gründen der Selbstunsicherheit nicht erlaubt und für welche man sich womöglich auch schämt."

Ich lasse dies mal unkommentiert stehen ... vielleicht schreibe ich es dir eines Tages. Wenn du vor meiner Tür stehst dann, wird auf jeden Fall dein erster Blick in meine Augen und mein erster Blick in deine Augen von großer Bedeutung sein.

Einmalig und unvergesslich!

Alle weiteren Blicke werden dies nicht mehr sein. Wenn ich dir von einigen meiner Geheimnisse erzähle, dann wirst du vielleicht mit aufgerissenen Augen zuhören und sie werden nach kürzester Zeit an Bedeutung verlieren. Wenn ich dir von meinen Träumen erzähle, werden sich dich vielleicht erschrecken, langweilen oder neugierig machen.

Ich erzähle dir in jedem Fall, dass ich meine Augen gerne schließe, um Bestimmtes nicht zu sehen. Ich erzähle dir, dass ich meine Augen schließe, um zu träumen. Wenn du mich lang genug ansiehst, wird sich für dich einiges von selbst erklären und in der Bedeutungslosigkeit verschwinden. Ich weiß noch nicht mal selber, welches mein größtes Geheimnis ist. Ich habe einige Heimlichkeiten und frage selten bei andren danach. Sie kommen meist von ganz alleine zu mir, wenn die Zeit richtig ist.
Vieles davon hat in meinem Leben heute keine Bedeutung mehr - besser gesagt, es hat nicht mehr JENE Bedeutung, die es damals hatte, aber auf nichts davon möchte ich wirklich verzichten - naja einige hätte ich mir sparen können.

Geheimnisse trage ich mit mir. Manche tun mir weh, manche machen mir Freude, manche sind nur deshalb gut, weil sie geheim sind. In meinen Gedanken habe ich auch Geheimnisse, die gar nicht existieren.

Während ich hier schreibe, wird eines davon real und ich kann es kaum fassen, wie geheimnisvoll unser Leben oft verläuft. Sie mit dir zu teilen, braucht Vertrauen.

Und daher frage ich dich, kann ich dir vertrauen?

Alles Liebe Matrixe

13

4. WAS SIEHST DU?

Liebste Matrixe,

Dein Text ergreift mich und schwirrt durch die Luft. Den Nachhall höre ich noch abends im Bett. Weder liegt Mister Sigmund Freud neben mir, noch mein Tabellenbuch Metalltechnik, dass ich sonst um Rat fragen kann.

Du bringst meine Fantasie zum blühen. Hochsommerlich ist sie für Dich, wenn du den Sommer magst. Für mich winterlich, weil ich ihm zugetan bin.

Vertrauen, also.

Ich kann sachlich an die Antwort rangehen, wie ich es zu tun pflege, wenn jemand fragt, warum der Kühlschrank so brummt. Oder fantastisch, was abends nicht gut, aber mein täglicher Begleiter ist. Fantasie hindert mich oft am Einschlafen. Ich werde versuchen, so zu antworten, wie ich es fühle.
Matrixe, wenn wir uns in die Augen sehen, wie Du es im letzten Brief beschreibst, trifft es genau den Punkt. Ja. So. Nicht anders. Ein kurzer Augenblick wird bedeutend. Holt einen ein. Blitzt auf vor dem inneren Auge, wenn man nicht damit rechnet. Und bleibt. Ewig.

Ich sag Dir was: Ich bin gläsern. Ich habe trotzdem Geheimnisse, die ich für mich behalte. Sie sind unbedeutend für andere und keiner Geschichte wert. Geheimnisse können einen näher bringen. Auch unausgesprochene. Du MUSST nichts erzählen. Aber Du kannst. Wenn mich jemand im echten Leben etwas fragt, bekommt er eine Antwort. Nur dann.
Ich rede nicht einfach so über mich. Weil ich es gewohnt bin, andere erzählen zu lassen. Menschen reden gerne, ich höre gerne zu. Ich

hingegen frage gerne und ich frage ALLES, wenn man mich lässt. Es ist wie ein immer gleiches Spiel.

Deine Frage verändert mich.

Ich erwarte weder eine Antwort, noch, dass man mir vertraut. Wenn mich doch mal jemand etwas fragt, was an der Oberflächlichkeit vorbeischrammt, bekommt er eine Antwort. Direkt aus dem Herzen. Man sieht mich hinterher vielleicht anders. Fühlt anders. Aber ich bin nicht für das Gefühlsleben anderer verantwortlich. Nur für meines.

Ich vertraue IMMER wissentlich. Meinem Gefühl. „Was soll ich tun?" fragt der Kopf. „Hör zu. Hör einfach zu. Du spürst die richtige Antwort." antwortet der Bauch. Jeder, der vor mir steht, bekommt einen Vertrauensvorschuss. Jeder!
Vielleicht ist es wie mit der Untreue: jemand, der selbst untreu ist, vermutet das auch bei seinem Gegenüber. Jemand, der sich Luftschlösser baut, vermutet das auch von anderen. Jemand, der vertraut, schenkt Vertrauen.

Diese Frage wurde mir noch nie zuvor gestellt. Stille Übereinkunft immerwährend. Ich sage Dir: Ich habe wissentlich Herzen gebrochen. Ich habe Männer ziehen lassen. Um meinetwillen. Ich weiß, was ich will. Weiß noch mehr, was ich nicht will.

Schließe die Augen, wie Du es magst, und stell Dir vor:
Ich sitze bei Dir auf dem Boden und lehne mich an das Sofa (Danke für den Wein und den Bademantel). Und schaue in Deine Augen, während unser erster bedeutender Blick noch immer nachschwingt, und sage:
„Ja. Du kannst mir vertrauen. Aber folge Deinem Gefühl. Und sag mir: was siehst Du alles, wenn Du mir in die Augen blickst?"

Deine Mrs_Braunburg

15

5. DAS ERSTE MAL

Liebe Mrs_Braunburg,

Nun ohne dir in die Augen zu schauen, kann ich dir schon mal ehrlich sagen, dass du einen gepflegten Dachschaden hast, mit allem was dazu gehört. Deine Akribie, sich durch Felder und Friedhöfe mit der Schaufel Ralf zu graben, ist eine Sache, davon zu erzählen eine andre.

Man kann es auch als Verrücktheit bezeichnen und ich bin verliebt in Menschen, die sich keine Gedanken darüber machen. Du verletzt niemanden, du lebst und spürst die Energie. Es erzeugt ja auch eine Spur von "ich würde das ja gerne auch machen, aber ..."

Ja, das große ABER kommt dann. Das "was denken die andren von mir?" Ich glaube, du denkst dies in kaum einem Augenblick. Davor habe ich große Hochachtung. Wie kann man so einem Menschen nicht vertrauen? Ja, liebe Mrs_Braunburg, ich vertraue dir und ich werde dir vieles anvertrauen zum rechten Zeitpunkt.

Mein Vertrauen wurde einige Male gebrochen in einer Heftigkeit, dass diese Wucht mich fast erschlagen hat. Die für mich logische Reaktion, Vertrauen brechen, noch bevor es umgekehrt passiert. Nur nicht wieder leiden. Am Ende ein Scherbenhaufen, den ich selber aufräumen musste. Heute kann ich Vertrauensbruch verzeihen, niemals vergessen und es gibt auch keine zweite Chance!

Ich habe mein Urvertrauen wieder zurückerlangt und möchte es auch nicht mehr verlieren. Die Vorsicht bleibt aber. Ich stelle mir gerade vor , liebe Mrs_Braunburg, dir in die Augen zu sehen. Und ich stelle gleichzeitig fest, ich brauche das nicht mal zu tun, um ein Bild von dir zu bekommen.

Ich sehe eine Frau, aus der die Energie heraussprudelt und lebt. Wie ein Springbrunnen. Du lebst im Sinne von Neugierig-sein, Sich-das-Kind-in-sich-bewahrend, mutig und dennoch vernünftig. Du weißt, dass man Vertrauen pflegen muss.

Ich kenne Menschen, die habe ich noch nie gesehen. Mit ihnen habe ich Nachrichten ausgetauscht, ihre Erzählungen gelesen, vielleicht sogar ihre Stimme am Telefon gehört. Ich bin ihnen noch nie gegenüber gesessen und konnte mir daher kein ECHTES Bild von ihnen machen und dennoch glaube ich, mich nicht zu täuschen. Mag sein, dass das mit dem Alter oder der Erfahrung kommt, aber ich habe eine ganz gute Vorstellungskraft, wie Menschen sind.

Liegt wohl daran, dass mich mein Kopf schon öfter getäuscht hat, aber selten der Bauch. Ich glaube immer an den ersten Impuls, nicht lange nachdenken, fühlt es sich leicht oder schwer an. Fließt es oder stockt es. Das sind diese Augenblicke, die entscheiden! Die Impulse, zu handeln, zu leben und sich neu zu entdecken. Mich treibt meine Neugierde immer weiter. Die Energie und auch das Risiko, gewaltig zu scheitern, halten mich nicht ab.

"Du bist verrückt!": höre ich öfter. "Ja, das bin ich!" antworte ich.
Ich habe, so wie du, einen zwanghaften DRANG NACH LEBEN!
Ich möchte nicht, dass meine Geschichten, jemand andrer schreibt.
Verdammt, wir brauchen noch echt viel Zeit!

Verrate mir: Wann hast du das letzte Mal, etwas zum ersten Mal gemacht?

Vertrauensvoll deine Matrixe

17

6. FUNKENSCHLAG

Liebe Matrixe,

wenn mir jemand sagt, ich müsse ruhiger werden, denke ich immer: „DU solltest lebendiger werden." und sage: Nichts.
Weiß, dass diese Person mich nicht versteht. Nicht kennt. Ich habe wenige Freunde. Sie verstehen und kennen mich und fragen: „Was hast du erlebt?" Deine Frage klingt leicht, ist aber schwer, da ich so oft ein „erstes Mal" erlebe:

Beim Zugführer vorne mitfahren, eine fremde Frau weit weg besuchen, die ich nur vom Schreiben kenne und inzwischen eine gute Freundin ist; den Job kündigen, um mir einen Traum zu erfüllen; von vorne anfangen. Immer wieder. Weißt Du, ich bin eine Einzelgängerin. Ich bin am Liebsten alleine unterwegs: ich gehe alleine tanzen, trinke alleine Bier in einer Bar, gehe alleine drei Tage in den Wald, um den Kopf frei zu kriegen und keinen einzigen Menschen zu sehen. Ich schlafe dann draußen und sehe den Sternenhimmel.

Alleine sein füllt mich aus. Weil ich mir selbst genug bin. Es ist so: ich kenne keinen Stillstand und wenn Du sagst, wir brauchen mehr Zeit, dann kann ich das genauso unterschreiben! Ich möchte noch so viel lernen und bringe mir alles bei, was mich interessiert. Ich MACHE es einfach. Und dann tue ich es auch. Mit ganzem Einsatz.
Impulse. Danach lebe ich. Wie Du.

Wenn ich wissen will, wie es ist, im Winter mitten im Mittelgebirge aufzuwachen: nehme ich mir kein Hotel, sondern schlafe in meinem winzigen Auto. Erwache fast festgefroren, kratze die Autoscheibe innen frei und staune über den Anblick, der sich mir bietet.

Ein erstes letztes Mal. Ich kann es Dir nicht beantworten, Matrixe.
Es geht bei mir IMMER ums Tun. Ich habe nie etwas Großes bewirkt. Ich buddle wie ein Kind mit meiner Schaufel im Wald, man schenkt mir zu Weihnachten einen Rehkiefer, statt Trinkgeld und ich bin fassungslos vor Glück.

Ich lerne. Immerzu. Jeden Tag erlebe ich ein neues erstes Mal. Ich lerne Plattdeutsch und Anatomie und folge den Spuren, von denen mein Instinkt mir sagt: „Spannend!" Die Welt ist so groß, aber direkt vor der Haustür ist alles noch viel größer. Ich kenne meine Grenzen und meine Verantwortung. Respektiere die Grenzen anderer und lebe nach eigenen hohen Moralvorstellungen.

Ich lebe im Kleinen. Und es sind für andere Nichtigkeiten, die mein Leben ausmachen. Ich brauche kein Geld und kein Ansehen. Ich will nur mein Herz hören. SPÜREN! Das Geräusch macht die Welt für mich greifbar.
Wissensdurst. Forscherdrang. Viele erste Male. Aber keine Weltreise. Kein Porsche. Nichts spannendes in Angesicht der kurzen Zeit, die wir hier sind. Ich wünsche mir Unsterblichkeit und dass die Flamme niemals ausgeht.

Leben bedeutet für mich: lernen und *unzählige* erste Male.

Leben heißt, laut auf dem Fahrrad zu singen und selber ein Feuer ohne Streichholz entfachen zu können. Leben heißt, zu lieben und sich in die Augen zu schauen und das Feuer auch beim Gegenüber zu sehen.
Ich habe nur eine Handvoll Freunde. Alle mit einer Flamme im Herzen. Sag mir:

Wie hoch lodert Deine Flamme?

Deine Mrs_Braunburg

19

7. WACHGEKÜSST

Meine liebe Mrs_Braunburg,

Du hast mich wachgeküsst und auch dich selber. Ich hatte es nicht anders erwartet von dir. Das war kein Funkenschlag, sondern ein Feuerwerk. Ich habe deine wunderbare Geschichte als ehrliches Bekenntnis zu dir selber gelesen. Diese Freude am Kleinen, dieses pure Vergnügen. Ja, du triffst mich mitten ins Herz.

Ich stelle mir selber immer wieder die Frage: "Wann habe ich das letzte Mal, etwas zum ersten Mal gemacht?" und stelle danach fest, dass es bei weitem nicht deiner Vielfalt entspricht. Dein Feuer brennt in allen Farben. Du hast mich gefragt:

"Wie hoch lodert deine Flamme?"

Ich erzähle es dir: Mit meinem Feuer darf ich nicht spielen.
In meinem Leben laufe ich oft auf Sparflamme - will sagen: überleben, nicht mehr. Ich esse nicht, schlafe nicht, lache nicht und liebe nicht und zwar nichts und niemanden und am wenigsten mich selber. Ich lasse das bewusst zu, um mein Feuer zu schonen und nicht noch den letzten Rest zum Erlöschen zu bringen. Für die Menschen in meiner Nähe eine berechenbare Zeitspanne, denn sie kennen mich. Ich spüre genau, wann der Tiefpunkt erreicht ist und ich wieder erwachen muss.

Dann gibt es die Gegenzeit: Das Feuer brennt stichflammenartig. Habe ich etwas entdeckt, was eine tiefe Sehnsucht in mir auslöst, bin ich Feuer und Flamme dafür. Ich verbrauche meine gesamte Energie. Also der klassische PITTA-Mensch.
Ich kann wunderbar übertrieben, cholerisch, intolerant und aggressiv sein in solchen Zeiten, aber auch kreativ, perfektionistisch und schnell auf

der andren Seite. Manchmal so schnell, dass ich mich selber verbrenne und wieder auf Sparflamme gehe, um Luft zu holen.

In der Mitte eines normalen Feuers aber, da kann ich es kontrollieren. Da spüre ich mich ausgeglichen, gelegentlich gelangweilt, aber in meiner Aufmerksamkeit und meinem Gefühl für andre Menschen am wohlsten. Ich komme in Versuchung, das Feuer bei andren Menschen einwenig zu erhöhen. Liegt wohl daran, dass ich immer zu viel Energie habe. Bitte nicht zu verwechseln mit, andre ändern zu wollen. Ein sinnloses Unterfangen!

Wenn ich bei jemandem ein kleines Feuer spüre, dann küsse ich es wach. Ich liebe diese Momente. Ich höre etwas, sehe etwas, bemerke etwas, vielleicht eine kleine Unsicherheit oder auch nur eine Andeutung. Und da ist es: das Feuer. Mit einwenig Luft, Geduld und Zeit-Geben kann richtig Großes und Erkenntnis entstehen.

Denn Feuer zu entzünden ist magisch.

Ich habe gelernt, mit meiner Flamme umzugehen, sie für mich beherrschbar zu machen und nutzbar für andre. Mein Feuer brennt für das Pure, für die Freiheit und für die Leidenschaft. Für den Körper und den Geist. Für Menschen, die ich küsse und Menschen, die mich inspirieren und prägen.

Kein Gegenstand dieser Welt wird dieses Feuer in mir entzünden.. Naja, obwohl einer fällt mir schon ein, aber frag' bitte nicht danach!
Ich aber frage dich, wer oder was hat dich so geprägt und zu diesem einzigartigen Menschen gemacht?

Fühl dich geküsst Matrixe

21

8. SENTIMENTALITÄT

Liebe Matrixe,

Deine Antwort geht durch und durch. Ja, Dein Feuer entfacht andere. Mich auch! Wortlos habe ich alles verinnerlicht und möchte irgendwann ausführlich darüber reden. Noch mehr hören. Dein Feuer SEHEN! Gemeinsam ein bisschen brennen.

Geprägt? Haben meine Eltern mich. Mein Vater, der mir alles gezeigt hat, was wichtig im Leben ist: nämlich Dinge selber zu können und zu erfahren. Meine Stiefmutter, die mir vorgelebt hat, wie es ist, eine starke Frau zu sein und wie gut es sich anfühlt, sich selbst zu lieben und als Frau mit erhobenem Kopf in einer von Männern dominierten Welt zu leben. Durch beide habe ich unterbewusst auch „Es gibt kein anderes Leben!" gelernt.

Wie ein Vater eine Frau behandelt, prägt eine Tochter für ihr ganzes Beziehungsleben, sagt die Wissenschaft. Dank ihm suche ich mir keinen Mann, der von oben herabschaut. Kein Fähnlein im Wind und keinen Macho. Mir wurde Gleichberechtigung vorgelebt. Ich lebe noch immer nach den Werten, die mir mitgegeben worden sind.

Ich habe Frauen geküsst und noch mehr Männer. Verliebt man sich in ein Geschlecht oder in einen Menschen, Matrixe? „Du hast Glück mit Männern!" sagt man mir. „Es ist kein Glück. Ich weiß nur, was ich *nicht* will. Ich habe es gelernt. Mit jeder gescheiterten Beziehung.

Ich will morgens aufstehen und glücklich sein. Immer."
Mein Leben war nicht einfach und doch würde ich es nie anders haben wollen. Ich habe Dinge gesehen, die man nicht unbedingt sehen muss.

Nachts stand oft der Alptraum neben meinem Bett. Existenzängste kamen und gingen. Auch das war prägend.

Wenn ich wach werde, lächle ich. Jeden Tag. Verdammt, warum auch nicht? Warum unter der Decke bleiben? Umstände kann man ändern. Kontakte abbrechen, wenn sie einem nicht gut tun. Stillstand kann aufgebrochen werden. Wenn man nicht mehr glücklich ist, fängt man neu an. Wenn die Liebe weg ist, sieht man sich an und weiß: „Hey, unsere Wege trennen sich jetzt."

Aber am allermeisten hat mich neben meinen Eltern folgendes geprägt: der tägliche Blick in den Spiegel und das Wissen, dass ich mir selbst jederzeit in die Augen schauen kann. Ich bereue nichts. Trauere keinem: „Hätte ich doch!" hinterher. Der Spiegel zeigt mir, wer ich bin und wie ich mich verändere. Er flüstert mir zu: „Du siehst heute fertig aus! Was wirst du machen?" und dann weiß ich, dass sich innerlich nichts ändert, wenn man sich in den Schlaf weint. Es ändert sich nur etwas, wenn man sein Leben in Angriff nimmt.

Ich verbringe keine Zeit mit Menschen, die nicht guttun. Ich bleibe nicht mit jemandem zusammen, weil eine Trennung weh tut, obwohl die Liebe gegangen ist. Ich stelle mich dem Schmerz und den Aufgaben, die er mit sich bringt. Ich habe keine Angst vor Gefühlen.

„Das Leben will riskiert werden."

flüstert mir der Spiegel zu und die Augen meines Vaters, die auch meine sind. „Du brauchst noch ein paar Lachfalten um die Augen und Schrammen mehr im Herzen." Die kriege ich, keine Sorge!
Sag mir: Was macht Dich sentimental?

Love, Mrs_Braunburg

9. DIE ZEIT GIBT DIE BILDER

Meine liebe Mrs_Braunburg,

Heute hast du mich am falschen Fuß erwischt. Ich war wie gelähmt. Deinen Eltern ist genau das gelungen, was man sich selbst als Mutter wünscht. Nämlich seine Kinder so zu prägen, dass aus ihnen Menschen werden, die ihren Weg gehen können, Werte in sich tragen, die das Leben in einer Gesellschaft möglich machen und IN ihnen Gedanken zu erzeugen, die voller Liebe, Respekt und auch Dankbarkeit für die eigenen Eltern sind.

Ich wünsche mir, dass meine Kinder eines Tages, ebenso von mir erzählen, auch wenn ich ein komplett andres Leben führe. Ich möchte die Bausteine für ein wertvolles Leben hinterlassen. Ja, wie mein kleines Feuer im Herz, das sie ebenso weitergeben mit einem Funken von mir.

Es steckt viel Sentimentalität in deinen Worten und Sentimentalität ist ansteckend. Wir beide sehen von unterschiedlichen Seiten auf 40 Jahre Leben. Ein Bilderbuch an Erinnerungen, die in der Vergangenheit liegen und wir nur durch dieses Gefühl, das wir damals hatten, zum Leben erwecken können. Ich verbinde mit Sentimentalität unsre Vergänglichkeit und diese viel zu kurze Zeit, die wir hier erleben dürfen. Alle Erlebnisse liegen zurück, können nicht wiederholt werden, sind in sich geschlossen. Schwer ist es, weil es vorbei ist. Ich erinnere mich an Gefühle von damals. Ich kann darüber lachen, weinen, fluchen und sie verdammen, aber alles bleibt dort, wo es ist.

Wo ist meine Schulzeit mit meinen Freunden, der erste Kuss, die erste Wohnung, die erste Liebe, die Geburt der Kinder, die Feste, die Reisen und die kleinen Freuden? All das verbinde ich mit ganz intensiven Gefühlen. Erinnerungen, die aufflackern mit Musik, Gesprächen, Filmen,

Gerüchen und Geschichten. Und dennoch sie sind vorbei und das erzeugt in mir große Wehmut und das Gefühl an meine Endlichkeit.

Meine Vergangenheit ist wie eine Zugreise durchs Leben, ich sehe die Bilder wie eine Landschaft an mir vorbeiziehen und bin ich mal vorbei, so sind sie vorbei. Bunte Bilder für ein Lächeln, finstre für ein paar Tränen. Ja, manchmal kommen die ganz großen Gefühle hoch und auch wenn sie als unzeitgemäß gelten, ich suhle mich darin! Lachen oder weinen? Hauptsache - sich spüren!

Du, wie auch ich, wir warten nicht, dass diese Erinnerungen von selber kommen, wir erschaffen sie uns und manchmal hilft das Schicksal einwenig mit. Wenn dein Bauch sagt: "Setz' jetzt genau diesen Punkt an diese Stelle," dann ist das weniger ein Abwägen der Vor-und Nachteile, sondern eher ein: "Ist das ein Ereignis, an das ich mich gerne zurückerinnern werde, voller Gefühle? Ist es etwas, dass ich noch in diesem EINEN Leben, das ich führe, gemacht haben möchte?"

Jedes Jahr kommen mehr dazu, mehr an verpassten Momenten und an erfüllten Augenblicken. Ja, Sentimentalität ist ein wunderbares Geschenk voller Gefühle. Gefühle sind menschlich, Gefühle sind wertvoll, Gefühle sind kitschig. Mir würde ein Leben ohne Gefühle Angst machen.

Sag', wovor hast du eigentlich Angst?

deine stille Matrixe

25

10. WAS WILLST DU NOCH ERLEBEN?

Liebe Matrixe,

Deine Antwort macht mir Gänsehaut.

Deine Kinder werden in einigen Jahren wissen, was Du ihnen mitgegeben hast. Deine Liebe und Lust aufs Leben. Dein Feuer sehen sie schon von weitem und tragen es in sich. Jedes Wort von Dir löst etwas in mir aus und ich würde am liebsten etwas ganz anderes antworten. Den Vergleich mit der Zugfahrt vergessen. Erinnerungen verdrängen. Die Augen zu machen und es nicht an mich rankommen lassen. Aber uns eint dieselbe Furcht. Ich versuche es, mit anderen Worten zu beschreiben. Meinen Worten.

Vor was ich Angst habe? Vor vielen Dingen: knurrende Hunde machen mir Angst. Von einem Gewitter überrascht zu werden und die einzige Erhebung in der Landschaft zu sein. Im Meer schwimmen, ohne zu wissen, was unter mir lauert. Telefonieren mit fremden Leuten, weil ich Augenkontakt und Mimik brauche. Aber all diese Dinge sind Nichtigkeiten. Sie stören meinen Alltag nicht.

Nur vor einer Sache habe ich wirklich Angst. Schon immer. Trotz schlechten und noch schlechteren Zeiten. Ich hatte mal eine Operation. Eine Not-Op. Ich weiß noch, wie mir ein Eimer Jod über den Körper geschüttet wurde. Es musste schnell gehen. Ich spüre noch die glitschige Kälte. Ich weiß noch, dass ich flüsternd und wimmernd gefragt habe: „Werde ich sterben?" und die Op-Schwester meinte: „Ich weiß es nicht." Da hatte ich Todesangst.
Dann kam die Narkose. Es war in diesem Moment das schönste Gefühl der Welt für mich und noch immer kommt kein anderes Gefühl an dieses heran. Es war wie eine Erlösung. Keine Schmerzen mehr. Keine

Gedanken an den Tod mehr. Nichts mehr. Wenn DAS Sterben ist, ist es immerhin schön, dachte ich.

Einige Jahre später ist eine Taube gegen mein Fenster geflogen. Ich bin raus gelaufen und habe sie hoch gehoben. Sie war tot, ihr Kopf hing spannungslos zwischen meinen Händen. Durch ihr zartes Gefieder habe ich noch ihre Wärme gespürt. Wenn DAS Sterben ist, kann es auch schön sein, glaube ich.

Aber ist Leben nicht viel schöner?

Davor habe ich Angst: dass ich irgendwann weg sein werde. Nicht vor dem Tod an sich oder vor dem Prozess, der damit einher geht. Nein. Angst habe ich, nicht mehr dabei sein zu können. Keine Wunder mehr zu entdecken. Nicht mehr lachen und weinen zu können. Die Zugfahrt geht weiter und mein Ticket ist abgelaufen. Es gibt für mich dann keinen blauen Himmel mehr, keine duftenden Heckenrosen oder die Erinnerung daran. Stille. Nur noch Stille.

Ich erinnere mich noch an die Taube. Wer noch? Keiner vermutlich. Vielleicht hat sie sich auf das Morgenrot gefreut. Auf ihre Taubenfreunde. Aber sie hat es nicht mehr miterlebt. Sie erlebt gar nichts mehr, für sie ist die große Stille eingetroffen. Und davor fürchte ich mich. Sehr. Es geht so schnell: aus dem Leben gerissen zu werden. Unfälle. Ein allergischer Schock. Zack. Aus und vorbei. Ich bin mir, wie Du, meiner Sterblichkeit bewusst. Vielleicht ist so ein Leben als Taube besser. Vielleicht.

Sag, was willst Du dringend noch erleben?

Tröstend, Deine Mrs_Braunburg

11. SALZ AUF MEINER HAUT

Liebe Mrs_Braunburg,

Angst steuert unser Leben. Endlos leben? Der Gedanke macht mir auch Angst. Angst vor dem tiefen Meer? Mein Sohn war etwa 2 Jahr alt, hatte eine Schwimmweste an, wir waren auf einem Boot weit draussen am Meer. Dann alle schwimmen. Seine Weste hatte ein Loch und sog sich voller Wasser. Er ging plötzlich unter wie ein Stein. Ich habe alles versucht. Stumm vor Panik - kein Schrei! Keiner erkannte die Not. Ich konnte ihn retten irgendwie! Ja, das tiefe Meer und das Leben betrachte ich überaus respektvoll.

Du fragst, was ich noch erleben möchte?

Vieles und nichts. Es gibt noch leere Blätter mit Überschriften. Ich sage dir:
Mein größter Wunsch ist, dass meine geliebte Freundin I. endlich von einem Mann jene Liebe bekommt, die sie verdient. Sie ist eine Frau, die so unendlich weise, lustig und liebevoll ist und kein Mann in ihrem Leben wusste es bisher zu schätzen. Auf gemeinsame Zeit verzichte ich liebend gerne für ihr Glück.

Ein Geburtstagsfest am Strand mit meinen liebsten Menschen. Bei einem Lagerfeuer, guter Musik und viel Alkohol bis in die Nacht tanzen - ein paar Lichterketten und gutes Essen dürfen da nicht fehlen. Füße im Sand, ein Sonnenuntergang und Musik von Klangkarussell.

Viele Dummheiten und Irrwege, keine Vernunft und Zukunftspläne. Ich mag das MUSS nicht. Ich möchte das JETZT ohne Angst vor dem Morgen. Ich mag eine gewisse Leichtigkeit erleben, in Bescheidenheit und ohne Sorgen und Zeitlosigkeit.

Ich möchte meine Kinder und die Menschen, die mir am Herzen liegen, glücklich sehen und wenn sie mich brauchen, ich immer da sein kann. Ich mag nie wieder in die Situation kommen, ihnen hilflos gegenüber zu stehen.

Dopamin verschwenden, für meine Träume. Verrückte Feste bis in die frühen Morgenstunden, viele Konzerte erleben, auf denen ich lauthals mitsinge, tanze ohne Gedanken an das Danach.

Auf einer Bühne stehen und eine Geschichte erzählen, die Menschen zum Weinen bringt und dabei nicht zu stürzen.

Ich wünsche mir, noch einmal neu zu beginnen an einem andren Ort, der mir meine geliebte Stille bringt, idyllisch und abseits von der lauten Welt. Nähe dennoch zu den Menschen, die ich nicht verlassen kann und will.

Irgendwie habe ich auch zu wenig richtig geliebt. Ich habe nur zwei Männer in meinem Leben geliebt - ich glaube, das Risiko wäre es wert. Also gut, ich wünsche, dass es mich so richtig erwischt. Keine Kompromisse, ganzes Vertrauen, Schmetterlinge ohne Flugrichtungen und Leidenschaft, die weh tut. Reden ohne ein Wort zu sagen. Die Leidenschaft blind spüren. Die Minuten zählen bis man sich wieder sieht und den Schmerz spüren, wenn man wieder geht. So soll eine Geschichte von mir beginnen mit den Worten:

Heute erzähle ich dir: Ich liebe ihn über alles!

Ist das zuviel verlangt? Und wenn zuviel, kann ich dennoch glücklich sein? Gilt der Satz:" Ich bin nur glücklich, wenn ...?"

in lebendiger Verbundenheit Matrixe

12. WIE VIEL KOSTET GLÜCK?

Liebe Matrixe,

all die Dinge, die Du nennst, sind die Wichtigkeiten des Lebens. Lichterketten am Strand und Musik und LIEBE. Selbstlosigkeit gegenüber Deiner Freundin, der Du die Liebe wünscht. Deine Kinder. Ja. DAS alles macht Momente aus. Unbezahlbare Momente. Glück kann man nicht kaufen. Du, als Minimalistin, weißt das. Ich, als Postbotin, sehe: viele denken es. Jeden Tag aufs Neue. Dabei ist Glück nur dort zu finden, wo man es fühlt: nicht im Katalog, sondern im Herzen.

Ich weiß ganz sicher, dass du irgendwann diesen Satz schreiben wirst, von dem du sprichst. Von der Liebe. Es ist so schön: Deine ganzen Beschreibungen lösen bei mir so viele Bilder aus. Danke!

„Ich bin nur glücklich, wenn...?" fragst Du? Matrixe, verdammt, ich BIN glücklich. Ohne „wenn". Einfach so. Jeden Tag. Selbst an beschissenen Tagen zweifle ich nicht an meinem Glücklichsein. Der Kühlschrank leer? Das Konto auch? Dauerregen beim Post verteilen? Durcharbeiten ohne Pause, um anderen rechtzeitig ihr Glück im Schuhkarton zu bringen? Bahn verpasst, Riss in der Hose, Brot in die Pfütze gefallen?

Passiert. Macht ja nichts. Also mir nicht. Alles kann irgendwie geregelt werden. Immer. Ich habe gelernt, mit Widrigkeiten umzugehen und ziehe Freude aus anderen Dingen. Manchmal erschrecke ich vor meiner „Egal"-Haltung. Aber ich sehe viele Sachen einfach als nichtig. 5 graue Haare mehr? Streit mit Kollegen? Ausgesperrt beim Müll runterbringen? Ach komm. Was soll's?

Glück ist die Abwesenheit von Pech. Ich glaube ja nicht an Pech. (Glück gehabt!).

Mein Tag wird strukturiert durch kleine Glückseligkeiten: die gurrenden Tauben auf der Dachrinne. Kater Lenny, der mir um die Beine streift. Mein neuer lustiger Spitzname „19-19" macht mich glücklich. Alleine zu arbeiten. Mit Dir zu schreiben entfacht Kreativität. Die kann man nicht online kaufen. Die entsteht. Durch einen selbst. Und ist eine der wichtigsten Schätze meines Lebens. Ein sprudelnder, nie versiegender Brunnen, den Du ja selber kennst. Ich brauche nicht viel. Keine Umstände. Keine Dinge. Keine anderen Menschen.

Um völlig berauscht zu werden von Serotonin und Dopamin: reicht mir ein ganz normaler Tag. Mit Regen oder Sonne. Mit Schreiben und Lesen. Mit Nachdenken. Und wenn ich dann abends das „Hey Du!" von meinem Freund Chris am Telefon höre, schlafe ich mit dem breitesten Lächeln der Welt ein.

Hättest Du gefragt, was mich NOCH glücklicher macht, als ein normaler Tag ohne „wenn", würde ich sagen: Ein Schluck Ostseewasser. Ein Schwarm Möwen über mir. Das Lächeln eines Fremden. Der Atem meines Freundes, der nachts meinen Nacken streift. Nackte Füße auf Moos. Melancholie. Erster Schnee. Gemeinsames Lachen mit Freunden. Flirrende Luft über dem Asphalt. Versiegte Tränen. Nichts, was man kaufen kann.

Glück ist IN einem.

Wie die Liebe. Was man ausstrahlt, kommt zurück. Nicht heute, aber sicher übermorgen.

Ich möchte wissen: Welcher Moment hat Dein Leben verändert?

Happy grüßt Dich, Deine Mrs_Braunburg.

13. WEISST DU EIGENTLICH...?

Liebe Mrs_ Braunburg,

Verzeih' mir die späte Antwort, aber momentan ist die Hölle los in der Hölle. Kurz mal vom Licht zu erzählen, wird mir guttun. Ich erzähle dir noch mehr, bevor ich weiter im Verborgenen suche - so wie du, so wie wir alle gelegentlich.

Ja, es gibt die Momente, da fragst du dich:"Wozu bin ich da, was ist mein Glück und woher kommt diese Einstellung zum Leben?" Du fragst, welcher Moment es war?

Diese Augenblicke kommen fast immer aus einem finsteren Moment im Leben. Der Auslöser unerheblich, weil austauschbar. Die Finsternis tritt ein und die Gefühle sind erdrückend. Das Herz schlägt unregelmäßig, du hast das Gefühl, zu ersticken, dir ist übel vor lauter Hilflosigkeit. All das und viel mehr. Ich mag gar nicht mehr daran zurückdenken und denke dennoch zurück, aber an das Helle. Ich wollte meine Geschichte URKNALL nennen, aber es war kein Knall - es war eher ein langsames Ausbreiten von Licht. Begonnen hatte es so:

"Komm' wir fliegen nach Hamburg für drei Tage!": sagte meine Freundin eines Tages und weiter: "Abwechslung wird dir guttun. Du musst nichts tun und wenn du den ganzen Tag unter der Decke verbringen möchtest, auch gut!"

Zufall oder nicht. In der Nähe, wo du aufgewachsen bist, bin ich wieder zum Mensch geworden, war das Ende meiner Schattenzeit. Ich stand am Hafen und die ein- und ausfahrenden Schiffe waren ein wunderbares Schauspiel. Die Hamburger sahen nicht meine Traurigkeit und waren herzlich, wo immer ich war. Wir gingen in ein Restaurant Essen. Unspektakulär? Für mich war es aber etwas Besonderes.

Weißt du, wie es sich anfühlt, wenn du nicht essen musst, sondern möchtest? Wenn du nicht beobachtet wirst, welche Menge du isst? Wenn dir nicht der Teller hingeschoben wird? Weisst du, wie toll es ist, zu essen, weil du dich wohlfühlst? Wenn du wieder hungrig bist, hungrig nach Leben?

Ich habe in diesem Augenblick zum ersten mal mein Herz wieder gleichmäßig gespürt ohne diese Zwischenschläge. Ich konnte Freude haben am Spaziergang durch eine Stadt mit vielen Menschen. Ich war in der Früh müde, weil wir die ganze Nacht aufblieben, lachten und Blödsinn redeten, nicht weil ich nicht schlafen konnte, sondern weil ich nicht schlafen WOLLTE.

Ich mir um 6 Uhr morgens meine Schuhe anzog, um Laufen zu gehen und nicht weil es jemand wollte, sondern weil ich es wollte. Ich Nachrichten verschickte von den kleinsten Dingen, die ich wahrnahm und sich die Menschen, denen ich soviel Kummer bereitet hatte, sich mit mir freuten.

Weisst du, in Hamburg habe ich die Liebe zu den Kleinigkeiten gelernt und ich habe sie seither nicht mehr verloren. Weißt du, ich habe die Stille plötzlich gespürt und sie machte mir keine Angst mehr. Ich habe mich in einen imaginären Reisenden verliebt und gewusst, ich kann noch Liebe empfinden.

Wann immer es um mich dunkel wird, erinnere ich mich, dass es so wunderbar ist, wenn es wieder hell wird. Es klingt fast seltsam, aber ich genieße meine dunklen Augenblicke genau für dieses „Danach".

in Liebe Matrixe

14. DAS ENDE VOM ANFANG

Liebste Matrixe,

Deine letzte Antwort zeigt, worauf es ankommt: die Schatten abzuschütteln und zu den Wolken und der Sonne zu schauen. Du beschreibst das so packend, dass ich mir vorkomme, als würde ich mitten in Hamburg dabei sein. Als Spaziergängerin. Vielleicht habe ich Möwen gefüttert und Dich und Deine Freundin aus dem Augenwinkel gesehen. Hätte gelächelt, wenn Ihr vorbeigeht, weil Eure Ausstrahlung so anders ist.

Den Schmerz hätte ich wohl nur gesehen, wenn ich Dich näher betrachtet und er aus Deinen Augen zu mir gesprochen hätte.
Deine Offenheit und die Worte, die Du benutzt bewirken viel. In mir und auch in anderen. Sie zeigen: Stärke entsteht durch Mut. Durch Aufstehen, wenn man fällt. Zuweilen gelingt es nicht. Dauert Tage. Wochen. Monate.

Deine Freundin hat Dir die Hand gereicht und Dich zur richtigen Zeit hochgezogen. Auch wenn ich Euch beide nie gesehen habe, erkenne ich durch Deine Geschichte die Kraft und Liebe Eurer Freundschaft und es macht mich als Außenstehende völlig glücklich.

Ich bin also die Spaziergängerin. In Hamburg. Zur selben Zeit? Kann durchaus sein. Es ist meine liebste Stadt und ich habe durch meine Abstammung auch Alsterwasser im Blut. Während ich die „Möwen-füttern-verboten"-Schilder ignoriere und ahnungslos Richtung Hafen schlendere, findest Du neue Kraft. So viele Menschen kreuzen an diesem Tag unsere Wege. So viele Schicksale umgeben alles. Man sieht den Menschen nicht an, wer sie sind und was sie fühlen.

Du jedoch schreibst darüber und machst unsichtbares für andere sichtbar.

Du spürst Liebe, obwohl alles dunkel war. Du isst, obwohl Dir der Sinn danach vergangen war. Du lachst. Obwohl es Dir vorher nicht möglich war. Man sucht sich seine Gefühle oder Ängste nicht aus. Sie sind da, sind „passiert" und man findet manchmal schwer wieder heraus.

Du weißt jetzt, nach dieser dunklen Zeit: dass alles schöne und lebendige für immer in Dir ist. Dass es stärker als die Dunkelheit ist. Das Licht kann immer mal wieder ausgeknipst werden. That's life. Du weißt aber jetzt: wo der Schalter ist.

Ich bin glücklich, Dich gefunden zu haben. Du bist eine wahnsinnig tolle Frau.

Unsere gemeinsame Fahrtrichtung ändert sich heute. Wir haben uns durch unsere Briefe ein wenig kennengelernt. In der Tiefe. Jetzt ist da ja noch diese Sache, von der Du auch schreibst: Du bist zur Zeit im Untergrund und ich trage seit heute einen Koffer mit mir herum. Ich weiß, was in dem Koffer ist (Brotkrumen für Möwen unter anderem) und weiß es auch nicht - Du hast den Zahlencode.

Sag mal, WARUM bist Du eigentlich im Untergrund und was zur Hölle treibst Du da?

Umarmend, Mrs_Braunburg

15. SCHAUMANAL

" Ich spreche Hochdeutsch."

Dachte ich bis vor kurzem. Beim Dialog mit einer Deutschen entdecke ich, dass es definitiv nicht so ist.

Mrs_Braunburg, verzeih mir, ich muss mich erklären:

Ich trinke Kaffee, so wie du auch. Ich betone aber das eeeeeee und nicht das aff. Probiere es aus, du wirst sehen der Kaffee schmeckt gleich ganz anders. Kurz bevor man ein Restaurant verlässt, nimmt man gelegentlich ein FLUCHTACHTERL, also ein Gläschen Wein, egal ob gemeinsam oder allein. Wir Wiener sind nicht nur oft grantig, sondern schauen auch ZWIDER. Das ist die Mimik zum Wort.

Bei uns wird hin und wieder G'FLADERT, also gestohlen, wir antworten gerne mit: „ das ist G'HUPFT WIE G'HATSCHT" sprich es ist vollkommen egal, ob es getan wird oder nicht und entscheiden eher für nicht. Ein LULATSCH ist ein langer dünner Mann - ich überlege, ob es die weibliche Form gibt. Mich nannte man immer Salzstangerl in der Schule, aber ich glaube, damit meinten sie nur mich. Mit einem WICKL hast du massive Probleme mit deinem Gegenüber und rüttelst gehörig am WATSCH'NBAUM. Es kann sein, dass da eine Ohrfeige runterfällt und dich trifft.

Ein GIFTSCHIPPL ist so ein lästiges Haarbüschel, das du nach dem Aufstehen nicht unter Kontrolle bekommst und dich den ganzen Tag begleitet. BLUNZNSCHNÜRLN sind länger ungewaschene Haare. A BLUNZN ist eine Blutwurst und eine nervige Frau.

A SCHAS MIT QUASTN ist einfach etwas vollkommen Unnötiges, also trifft quasi auf fast alles zu. A KRÄTZN ist so ein ewiger Stichler, A TRAMPL ist eine Krätze, die das Maß des Erträglichen überschritten hat und A GFRAST ist die Meisterklasse. Und wenn du auf der NUDLSUPPN DAHER G'SCHWOMMEN bist, hat der andre das Gefühl, du hältst dich für besonders g'scheit, also so wie ich grad. Hat aber nichts mit dem NUDLAUG zu tun, wobei sich hier die Geister scheiden und ich es nicht übersetze…

"A" steht für ein oder eine und unser Autokennzeichen. Es gibt A BISAL, UMS VERRECK'N-zu wenig, UMS ÄUTZERL- zu viel, es gibt den BEUSCHLREISSER- eine starke Zigarette. HAWEDEERE sagen wir, wenn wir beeindruckt sind, HEAST ist ein Universalwort für alles.

GLUMPERT ist das, was wir an Zeug so mit uns führen, BADEWASCHL ist die Nummer eins im Strandbad , HABERER ist ein Freund, wobei es auch "Türöffner" für berufliches sein kann - sehr beliebt bei uns. ZORES hast du, wenn du Ärger hast, PATSCHERT ist ungeschickt, DERRISCH wenn du schlecht hörst, A GMADE WIESN, wenn es gut läuft - wird oft mit Haberer verwendet. AUFPUDLN ist wie aufregen, aber aufgeregter. Wir sagen SCHLEICH DI! So kann dies bedeuten: Woow oder renn'!

JO EH heißt, wir verstehen den Sinn und sind sogar einverstanden, aber es ändert nichts. Ganz schlimm ist SCHAUMAMAL. Wenn das jemand zu dir sagt, heißt das soviel wie: es wird genau gar nichts passieren!
Und PASST SCHON bedeutet eben, wir können weiterhin darüber reden , aber es ist absolut sinnlos.

Also wie du siehst, viele Ausdrücke für: Alles bleibt, wie es ist.

SAMAS ist die Frage, ob man fertig ist. JA! Bin ich.

16. EINE FRAGE BITTE?

Liebe Matrixe,

gestern habe ich mir ein Buch zur Hand genommen. Ein Buch von einem meiner Lieblingsautoren. Max Frisch. „Lieben Sie jemand?" fragt er mich in seinem Fragenkatalog.

„Ja! Jajaja! Tue ich. Sowas von!"
„Und woraus schließen Sie das?" will er sofort danach wissen.
„Ach Max, reicht das ja nicht? Wollen Sie unbedingt an meinem Herzen kratzen und in der Tiefe meiner Gedanken bohren?" Herr Frisch schweigt. Ich versinke in unausgesprochenen Worten.
Und versuche, es aufzuschlüsseln, wie ich überhaupt darauf komme, dass ich diesen Mann liebe.

„Unser Streit tut weh, ließ mich nicht schlafen. Nachts um 1 habe ich traurig an die Decke gestarrt und dachte, ich sterbe vor Traurigkeit. Beschäftigte mich den ganzen Tag mit mir und ihm und uns. Er ist noch nicht vorüber und mein Stück Herzmuschelscherbe begleitet mich tagsüber und liegt wie ein Alp nachts neben mir."

„Und vor dem Streit? War Ihnen da etwa nicht klar, dass Sie lieben?" kommt eine leise Nachfrage „Doch! Natürlich." sage ich entrüstet.
„Davor war es so: Dieser Mann ist morgens mein erster Gedanke und abends mein letzter. Wenn ich ihn lachen höre, wird mir warm. Ich will Nähe und mich an ihn schmiegen, seinen Geruch einatmen. Ich möchte ihm Geborgenheit schenken und Intimität durch Worte und Taten.

Ich vertraue ihm voll und ganz, stehe immer zu ihm und hinter ihm und neben ihm. Teile mit ihm mein Glück und will ihm etwas von seinem Schmerz abnehmen. Ich stelle ihn weder auf einen Sockel, noch überhöhe ich mich: trotz Größenunterschied sind wir auf Augenhöhe. Dann ist da dieses Gefühl der Sehnsucht, die ich nie zu anderen Menschen verspüre. Wenn er da ist und mich aus braunen Augen ansieht, bin ich der glücklichste Mensch der Welt, berühre ihn nachts und schlafe lächelnd weiter.

Ist er nicht da, vermisse ich. An manchen Tagen ist es ein ziehender Schmerz, der vorbei geht, wenn ich denke: „Er ist nicht da. Aber es gibt ihn. Nur das zählt." Der Gedanke tröstet. Wir gehören zusammen. Und obwohl wir in 3 Welten wohnen, ist diese eine Welt - unsere gemeinsame - diejenige, die mein Zuhause geworden ist. Ich will ihn anfassen und küssen und ausziehen! Weil ich ihn so großartig finde und mein Körper seinen mag. Genau wie meine Gedanken seine mögen.

Ich begehre ihn äußerlich und innerlich und dann ist da dieses tiefe Gefühl in mir, das man nicht beschreiben kann, außer in Songs und Poesie. Es geht weit über Verliebtsein und Freundschaft und Verbundenheit hinaus.

Max, streichen Sie alle Sätze oben. Die Antwort ist in echt ganz kurz."
Herr Frisch wartet gebannt.
„Ich schließe es daraus: Weil ich es FÜHLE."
Herr Frisch nickt wortlos.
Ich stecke gerade in meinen eigenen Gefühlen fest und verliere den Blick nach außen. Es gibt aber auch ein Leben fernab von mir. Mit anderen Menschen und Blickwinkeln. Und anderem Schmerz. Oder auch mit Alltag und Blick auf ganz anderes. Herr Frisch antwortet nicht, als ich ihn frage... aber vielleicht tust Du es, liebe Matrixe:

Was ist bei Dir gefühlsmäßig grad so los?

17. KANN ER MICH VERZAUBERN?

Mrs_Braunburg du fragst, wie es mir gefühlsmäßig geht?

Ich sage dir:

Manchmal kommt mir vor, die Gefühle kommen mir abhanden. Klingt hart? Ja, aber ich bin ehrlich. Manche Tage sind wie die Eiszeit und andre da bin ich wie eine klaffende Wunde. Für alles empfänglich. Für Gutes und Schlechtes. Ja, ich bin immer hell und dunkel - dieses verträumte Grau kenn ich nicht oder nicht mehr.

Durch Zufall oder wie auch immer man es nennen mag, habe ich einen Mann kennengelernt, also nicht wirklich, aber fast. Ich habe ihn nicht kennengelernt, sondern eher beobachtet. Da kamen so Gedanken: ,,Na warte, du kommst auch noch in meine Gasse und dann ja dann..." Meine Freundin, die Weise lachte mich aus und sagte:" Denk immer an deine Gurus. Sie sind für etwas gut. Du brauchst es, dich zu reiben, sonst kannst du nicht du SEIN."

Der nächste Schritt war seine Telefonnummer, irgendwie war ich spontan und in Laune und so tauschten wir sie aus. "Ohne Erwartungen" belogen wir uns. Was soll ich sagen, eine Nachrichtenflut ergoß sich über uns. Nicht endend wollend. Mein Hund saß daneben und jammerte, die Sonne wanderte weiter und ich saß mittendrin und zerfloss.

Es war kein zaghaftes Herantasten, sondern eher ein Überollen auf beiden Seiten - Wir schrieben über Dinge, die "man" mal getrost bei sich lässt - normalerweise. Gut, dass ich nicht ganz genormt bin, war ja relativ schnell klar. Das kann überfordern, tat es aber nur kurzfristig.

Ich bin einfach zu direkt - mag man denken - er dachte wohl: die spinnt ja, aber schrieb weiter. Unaufhaltsam. Es war schön, kurzweilig, aufregend und auch sehr erotisch.

Er fragte:" Magst du Prince?" Ich kreischte innerlich als eingefleischter Michael Jackson Fan muss man Prince verachten. Log aber:" Es geht! Dann kam es das Lied "Melt". Ich bin geschmolzen. Sonne, Hund und Lied - das war es.

Mrs_B, ich habe ein richtiges Date!

Ich habe ein Date mit Vorspiel, ich habe ein Abendessen. Ich habe einen Abend. Ich habe. Ich habe mich schon solange nicht mehr richtig verabredet. Die Menschen, die ich treffe, treffe ich anders. Dieses Mal treffe ich mich und bin aufgeregt, weil sich da zwei Machos treffen. Was passieren kann? Alles! Mord und Totschlag, Erotik und Knistern, Langeweile und Nichtswieweg. Und ich kann dir nicht mal sagen, wer der Auslöser sein wird. Da steht ein ebenbürtiger Gegner vor mir, der keiner mehr sein wird. Ich werde und habe ihm schon meine Welt erzählt und er mag sich dennoch mit mir treffen - ich bin beeindruckt und freue mich auf ihn -sehr sogar. Erwartungen?

Ich lasse mich einfach fallen und schaue, ob ich aufgefangen werde. Das Fallen beherrsche ich ja gut. Gefühlsmäßig empfinde ich es spannend und ungewiss. Ich bewege mich seit langer Zeit auf der sicheren Seite, die ich kenne und mit der ich umgehen kann. Ich sag dir ja, aus schwarz kann weiß werden.

Mrs_B., wir können sagen, was wir wollen- wir sind das, was wir tun! Ich tue es. Was tust du?

Kuss Matrixe

18. VIELLEICHT

Liebe Mrs_Braunburg,

„Wenn man eine Sache stundenlang betrachtet, kann es passieren, dass sie ihre Bedeutung verliert. Anfangs ist alles neue besonders und speziell. Bis man etwas lange genug angesehen oder probiert hat. Dann wird es etwas alltägliches und normales. Etwas bekanntes. Verliert oft genug seinen Wert und man wendet sich neuen Geheimnissen zu, weil alles andere nun „eh klar" ist."

Hast du mir mal geschrieben. Ich antworte dir JA! Alles verliert an Bedeutung, auch seine Worte im Augenblick. Besser gesagt: Alles bekommt ständig eine neue Bedeutung. Die Gegenstände in deinem Rucksack waren einst schwer und nun sind sie ein Teil von dir. Worte, die man dir sagte, waren schwer und verlieren an Schwere. Verletzungen waren einst schmerzlich und dann heilten sie. Ja, alles verliert jene Bedeutung, die sie damals hatte. Was übrig bleibt, sind Kratzer, Narben.. Oberflächliches vielleicht nur mehr.

Die Liebe zu einem Menschen aber ist tief, sehr tief sogar. Sie übersteht so vieles, selbst Trennungen, Betrug und den Tod! Sie übersteht in jedem Fall Worte. Menschen, die ich liebe, liebe ich und Punkt! Das, was sich ändern kann, ist meine Beziehung zu ihnen. Auch vielleicht ein getrennter Weg, weil ich an Beziehungen, Bedingungen knüpfe, aber nicht an die Liebe.

Vielleicht verwechseln wir das auch ständig. Vielleicht ist es auch ein Zeichen unsrer Zeit. Liebe ist ja fast unmodern.. macht ja verletzlich. Besser eine Mauer aufstellen und dahinter verstecken. Wenn ich liebe, bin ich wie eine klaffende Wunde. Jedes Steinchen tut mir weh. Jede Berührung fühlt sich intensiv an.

Wer will denn sowas?

Wenn wir Sex haben, reden wir von Liebe machen. Bitte was? Liebe machen wir nicht. Liebe passiert im vorbeigehen, im Augenblick. Liebe entsteht, Liebe wird gepflegt. Liebe wird nicht gemacht! Liebe ist nicht immer vernünftig und rational. Liebe ist unerklärlich.

Wir können sagen was wir wollen- wir sind das, was wir tun! Worte? Was sagen wir nicht alle, was verletzen wir nicht alles mit Worten. Ungeschickt formuliert, falscher Zeitpunkt, emotional und dumm. Und wer weiss vielleicht ist auch bei ihm grad der Rucksack zu schwer gewesen und er hatte keine Kraft. Vielleicht sieht er jetzt hinein und sieht die Sonne und dein Rennrad oder dein Glühwürmchen. Es wird wieder leichter.

Vielleicht war er bloß ehrlich und auch das ist verletzend und doch schön. Vielleicht sind unsre Sprachen auch unterschiedlich - wie Mann und Frau eben sind. Alles darf sein, auch er darf sein.

Mein Geheimnis für eure Beziehung: du liebst ihn, er liebt dich. Du passt auf ihn auf und er passt auf dich auf!
Ende meiner Geschichte und Anfang eurer Geschichte.

Ich umarme dich Matrixe

19. REPARATURARBEITEN

Liebe Matrixe,

ich danke Dir so sehr für Deine Worte. Sie haben mir geholfen. Gegen Liebeskummer.
Vor wenigen Tagen noch waren die Worte von ihm, von Chris, in meinem Kopf und hämmerten schmerzvoll dagegen. Endlosschleife. Schlaflosigkeit. Der Schmerz war betäubend und dann hast du mir eine Nachricht geschrieben. Dass ich die Sichtweise wechseln sollte, darauf achten soll, was ER vielleicht denkt.

Ich habe seine Worte also frei gelassen. Sie schwebten noch eine Weile über mir, aber waren raus aus dem Kopf. Dann habe ich geschrieben. Gedankensortierarbeit. Und irgendwann wurde mein Kopf leerer. Zurück blieb zwar noch Traurigkeit und Verzweiflung aber auch der Gedanke: Ja, ich spüre nur MEINEN Schmerz, doch ganz sicher: hat er auch seinen Rucksack zu tragen und eine Wunde, die heilen muss. Ganz sicher haben wir beide im falschen Moment so reagiert, wie keiner es wollte.

„Du liebst ihn, er liebt Dich. Du passt auf ihn auf, er auf Dich." hast du gesagt. So einfach. So schön. So, wie es vor unserem Streit ja war. Erinnerungen und das Jetzt teilen und Zukunftspläne schmieden. Und warum sollte sich daran etwas ändern, denn Worte sind Worte und können mit neuen Worten erklärt und bereinigt werden. Theoretisch.

Die Angst war noch da: Was, wenn etwas zurück bleibt? Ein Riss, der wieder aufreißen kann? Kann man Herzmuschelscherben wirklich vollständig kleben, ohne dass eine Sollbruchstelle entsteht?

Ich hab seine Nummer gewählt. Am Telefon geweint. Wir haben erklärt und zugehört und den anderen verstanden. Und auch, wenn er weit weg war, war es doch so, als würde er plötzlich neben mir sitzen und mich mit braunen Augen ansehen und mir durchs Haar fahren und sein „Ich liebe Dich" war wie eine physische Umarmung, die mir neue Kraft gegeben hat.

Der Boden, auf dem ich stehe, schwankt nicht mehr. Meine Herzmuschelscherbe ist repariert. Vollständig. Es gab keinen Riss, habe ich sofort gemerkt. Denn eines haben wir schon immer gekonnt, Chris und ich: über alles zu reden. Sichtweisen anhören und dementieren oder zustimmen. Nur dieses eine Telefonat war einfach ein Desaster. Wir wissen jetzt, wie es sein kann: so ein Streit in einer Fernbeziehung.

Und weißt Du, was magisch war? In das Schlafzimmer von Chris hat sich abends durch die offene Terrassentür ein Glühwürmchen verirrt. Da waren wir noch jeder auf unsrer Seite des Konflikts, unsre gemeinsame Welt war da noch eine Baustelle. Ein einziger heller Fleck in der Dunkelheit. Er hat es mir geschrieben und in diesem Moment wusste ich: dass unsere gemeinsame Welt noch existiert. Dass die Baustelle zwar da ist und den Zugang erschwert, aber dass es Werkzeuge gibt, um die Welt wieder betretbar zu machen: ein Telefon, Stimmen und Ohren und vielleicht einen Wegweiser, der ein Glühwürmchen sein kann und magisch wirkt.
Vor allem jedoch dieses Gefühl, das einem sagt, das einzige worauf es ankommt ist: Liebe.

Ich bin zurück. Aus Urlaub & Schmerz. Alive. Was ist bei Dir noch passiert, als ich weg war?

Deine Mrs_Braunburg

20. 2.5

Liebste Mrs_Braunburg,

viel ist passiert oder eigentlich auch nichts.

Meine Tochter zeigte mir Bilder von einem Fest, auf dem sie war. Nun, ich bin ja nicht so wahnsinnig sozial und interessiert und fragte so nebenbei, wer das auf dem Bild sei, meinte sie: "Mama, das bin ich!" Gut, es wurde Zeit zum Augenarzt zu gehen. Noch besser, dass man eine Freundin als Augenärztin hat oder auch umgekehrt. Jedenfalls: 2.5 Dioptrien beidseitig. Ach, wie schön war es mit verschwommenen Bildern durchs Leben zu gehen. Ich genieße noch meine letzten Tage in Unklarheit, dann kommt der Sehbehelf - Feststellung: "Ich werde alt und werde nun die Welt in einem andren Licht sehen. Ich bin noch nicht ganz sicher, ob es besser wird. In jedem Fall: Anders!"

Tja, dann ging es noch zum Tätowierer. Er meinte- glaubte - sagte, dass er meine Vorstellungen in einer Stunde zur Haut bringen werde. Ich sage dir, es waren 2.5 Stunden. Es waren einige Zu-Tätowierende und Tätowierer anwesend. Anfangs noch reges Geplaudere und nach etwa 0,5 Stunden beklemmendes Schweigen, ob der Schmerzen. Ähm - auch mir war kurzzeitig der Text ausgegangen. Jetzt habe ich meine Zahl 17 am Hals hinten mit einem Rufzeichen. Gut, ich sehe es halt nicht, aber alle andren. Bin schon gespannt, in welchen Situationen, ich nach dieser Nummer gefragt werde. Ich werde dir berichten. Und eine weitere Linie von 2.5 mm Stärke über den gesamten Arm. Ich sehe jetzt so zweigeteilt aus - oder auch zusammengenäht - wie man es eben sehen möchte. Ja, kommt ganz drauf an, aus welchem Blickwinkel man mich betrachtet.

Dann habe ich mich noch spontan zu einem Besuch in Salzburg überreden lassen. War wunderbar regnerisch. In Rekordzeit: 2,5 Stunden Fahrzeit. Gleich zu Beginn empfing mich die Stadt mit einem Strafzettel - Falschparken. Ich hatte mein Auto so raffiniert unter einer Brücke versteckt. Aber das Auge des Ordnungshüters war erbarmungslos und ich mußte nun 10 x 2,5 Euro bezahlen. Ein lieber Freund zeigte mir danach die schönsten Baustellen der Stadt und DAS Café . Die 2,5 Stunden vergingen in unendlich Buchstaben - vorallem meinerseits.

Bei meiner Freundin dann - 25 min von Salzburg entfernt, folgte ein weiterer Buchstabenschwall - ihrerseits. Geplant war zwar eine größere Anzahl von Freundinnen, allerdings mußten zwei kurzfristig in Quarantäne, weil ihre Männer meinten, sie müßten so einen „Cluster" besuchen. Ich war also unschuldig! Trotzdem oder vielleicht deshalb floß Alkohol in rauen Mengen und wir sahen doppelt bis 2,5 fach. Unser Kopf dann dementsprechend schwer.

Kartoffeln habe ich nun auch geerntet bei mir. Ich glaube, es war zu früh. Sie waren erst 2.5 mm im Durchmesser und landeten direkt im Müll. Schön, ist das Gärtnern mit überschaubarer Ernte. Ah und wie ich erwarte, wirst du mindestens 2.5 Geschichten mehr schreiben als ich und ich kann mich 2.5 Tage andren Dingen widmen.

Liebe Mrs_Braunburg, du hast mir gefehlt oder auch nicht. Ich bin aber auch unschlüssig heute und gestern und morgen.

Kuss Matrixe

21. COUNTDOWN

,,you have got 7 hours, what do you wanna do..,, dröhnte es aus meinen Kopfhörern.

,,Du hast 72 Stunden und 4 Minuten!" blinkte die Nachricht auf meinem Telefon. Mrs_Braunburg schrieb mir. Gut, dachte ich, Mrs_B gibt mir also die Zeit vor. Unvermittelt kamen Nachrichten wie: 56:18, dann 48:26, 35:17,.. Ach wie schön, ich brauchte nicht denken, Mrs_B meldete es, wann es Zeit wurde.

Dann folgte aber ein ganzer Satz:"Du hast noch 2:06. Was ziehst du an? Bist du nervös, mach weiter.. du hast noch 2:04!" Stress kam auf. Sie hatte nun das Ruder in der Hand. Ich informierte sie, dass soweit alles unter Kontrolle sei. Das vereinbarte Treffen wurde nicht abgesagt, die Zeit lief. Die Temperatur gab ich ihr durch:"Heiss". Sie:"Gut, wir müssen deine Kleidung nochmals ändern, Schuhe? Ich schickte ihr ein Bild. ,,Wie weit musst du gehen? Berechnen wir eine Zeitverzögerung durch diese Schuhe mit ein!"

Mrs_B checkte nun die Lage, Wegstrecke, Oberflächenbeschaffung und erstellte einen neuen Zeitplan. ,,Wir verlängern die Zugangszeit um 3 min - Mach weiter!!" Ich stimmte kleine Details mit ihr ab. Sie war andrer Meinung, aber ich blieb stur. War ja auch meine Verabredung.

"30 min. Du musst los!"

Ich ging, ständig in Kontakt, schickte Bilder von Wien, von meinem Weg. Dann eine Katastrophe: Pflastersteine! Ich meldete mich kurz bei ihr mit dem Situationsbericht und einem Bild der Verzweiflung. ,,Was mache ich jetzt? Da komm' ich niemals drüber mit diesen Schuhen! Ich komme zu spät!" Sie: ,,Einfach weitergehen. Nicht stehenbleiben! Du schaffst das! Gib alles und gib mir Bescheid, wenn du da durch bist. Konzentriere dich!"

Ich kam mir vor, wie ein Ninja. Schritt für Schritt arbeitete ich mich weiter - unverletzt ohne Sturz. Ich schaffte es und weiter. Ich stand an der Kreuzung - eine ewig rote Ampel. Sie: ,,Wo bist du? Du hast noch 17 min. Wie weit ist es noch?" Ich: 16 min, wenn alles glattläuft! Wir haben die Ampel nicht einberechnet."

Ich ging direkt auf ein Orthopädiegeschäft zu und schmökerte kurz in der Auslage. Ich dachte: ,,Morgen werde ich mal Rollatoren ansehen für später - Probefahrt sozusagen." Momentan träumte ich, ich hätte etwas zum abstützen. ,, 13 min" blinkte es am Handy auf. Ich musste weiter. Pünktlichkeit ist ein Spleen von mir. Der Weg voller unregelmäßiger Steine, links, rechts, starrende Menschen. Ich zappelte weiter, kreuzte die spanische Hofreitschule. Traumhaft, aber ich hatte keine Zeit.

"6" blinkte auf, ich erschrak und verknöchelte fast!

Ich schickte ihr: "Eine Gasse noch, ich bin zu früh!"
Sie: ,,Okay, setz' dich rein und bestell' Alkohol.. 5!
Ich: ,,Ich weiß ja nicht mal, auf welchen Namen der Tisch reserviert ist."
Sie: ,,Egal, sag' der Tisch, der in 3 min reserviert ist." Ich : ,,Ich weiss kaum, wie er aussieht."
Sie:,,2 min. Frag ihn, wie er heißt?"
Ich: ,,Dafür ist es jetzt zu spät. Ich gehe jetzt um die Ecke."
1 Minute!
Mrs_B schrieb noch: "Ha, er ist da. Hab einen wunderbaren Abend."
Diese Nachricht las ich erst am nächsten Tag.

Matrixe

49

FORTSETZUNG FOLGT …